楊君潛主編

愛群詩選

第二集

楊蓁敬署

壬寅年荷月
萬卷樓刊本

愛群詩選　第二集　目錄

王美子

詩選

詞選

鐘選

聯選

吳世彥

詩選

吳欐櫻

周忻恩

詩選

詞選

唐謨國

張秋梅

陳曼麗

陳獻宗

楊國貞

詩選

詞選

鐘選

楊　蓁

詩選

葉武勳

詩選

蔡久義

鄭崇武

顧健民

詩選

詞選

鐘選

聯選

辜序

辜瑞蘭

欣悉《愛群詩選》將出版第二集，並被指定撰寫序言，感到非常光榮。第二集內容主要刊載二〇一九年十九位學員，各自精選詩、詞、鐘、聯共二十條以內作品，總共有三八二則。

因爲寫書法的內容與中國水墨的題識，須有詩詞的內含，因而興起學習詩詞寫作之念。先參加張壽平教授的愛群詩班，及楊君潛老師的大漢、大德及目前的愛群詩詞研習班，前後已十餘年。兩位老師都是學問淵博，詩詞創作數十年，作品良多。能夠每週親到課堂聽受，獲益良多。

楊老師詩的教學內容很豐富，函蓋二十四類；每月一類，周而復始。目前學員創作以絕句、律詩爲主，鮮少長詩。楊老師每週上課都提供相關主題的講義，包括經、史、子、集的典故、歷代詩家代表作。更蒐羅清代旅臺遊宦詩人、本地耆宿、日據時代、光復後大陸遷臺名家及各縣市詩人的作品，供學員引喻使用，更了解臺灣詩壇優異的成果與傳統，讀起來也特別親切。

詞方面則以小調、中調爲主，每月教一詞牌。以《白香詞譜》與《四照花室詞譜》

爲依據。寄調的內容則由學員自由發揮，因而頻出佳作。

每月的詩鐘課，由一唱到七唱，周而復始，詩鐘上下句各七字，內容要對比，平仄要求工整。精於此課，將有助於律詩的寫作。

楹聯的習作方面，老師也羅列不少先人的名聯，內容有名勝、古蹟、寺廟、樓臺、英雄豪傑、忠臣、烈士等。以前不太注意廟門、廟柱上的聯語，以後就特別佇立研究誦唸一番。

初入詩班時，曾請教楊老師，如何寫好詩詞？他說：「多讀書、多旅遊及多寫作。」讀書旅遊，知識根柢深厚，事理通達，眼界寬廣，內容豐富。耕耘寫作多了，自然熟練精緻。

至於詩的分段，若前段寫「景」，後段要寫「情」；前段寫「情」，後段要寫「景」。不要全篇是「景」，或全篇是「情」。情景交錯，才能完美，也符合賦、比、興的原則。

老師也告誡我們，盡量不要在晚上寫詩，往往爲了一字一句，或尋找最恰當的文辭而失眠，影響健康。

中華數千年來，累積龐大豐碩的詩詞歌賦，是無價之瑰寶。現代臺灣嫻熟者愈來愈少，實在可惜。希望日後有更多人士加入中華古典詩學的研究與創作，使臺灣不僅僅是科技島，也是一個詩歌傳誦豐蘊的地方。

韋瑞蘭
中華藝風書畫會第六屆理事長
臺北市松筠畫會理事長

編輯弁言

一、本集定名爲《愛群詩選》第二集。

二、本集編排係按作者姓氏筆畫爲序，同姓再按名之筆畫循序排列。

三、本集每位作者所佔篇幅，詩、詞、鐘、聯合計以二十首爲度。

四、本集印費，係由吳朝滄理事長及辜瑞蘭、陳曼麗等兩位女史各贊助五千元；林景重先生、陳玉英女史等兩位各贊助三千元，合計二萬一千元。餘由參與者分擔。

五、本集參與者共有十九位，計得詩一三九首，詞一三八闋，鐘四七副，聯五八對，合計三八二首。

六、本集編輯小組係依齒爲序：辜瑞蘭、蔡久義、顧健民、蘇東坡、周忻恩、張秋梅等六位。

七、本集初版二四〇冊，除分發參與者外，餘則分寄海內外圖書館及各詩社珍存，以廣流傳。

仇符瑞

退休前任高中英文老師，退休後抱持「活到老，學到老」的信念，投入書法、詩詞研習，彌補在職場忙碌生活中，無暇顧及的興趣。參加愛群詩詞班後，在楊老師悉心教導下，與一群同好相互切磋鑽研，收穫良多；又在老師強力要求及鼓勵下，嘗試創作，享受在「做中學」的樂趣！

詩選

詠鶴

絳頂霜翎翩舞罷，蒼松佇足騁懷觀。凡人夢盼千年壽，倬彼神遊霄九端。

梅花

暗香浮動入簾櫳，玉骨冰肌傲雪中。月下孤芳疏影落，巡簷索笑蒞逋翁。

良緣

三生石上姻緣定，月老歡忻繫赤繩。興趣相投難得覓，齊眉舉案肇家興。

同學會

三年硯席同歡笑，夏去冬來數十年。際會因緣來集會，閒聊憶舊也酣然。

觀濤

蓬瀛徙倚聽濤喧，觸目驚心海跋鯤。萬里圖南鵬乍化，靈禽一逝水無痕。

閒居

勝訪山城隱，鶯吟燕舞歡。此中寓眞意，欲辨卻言難。

詞選

憶江南

臺灣好，溫暖四時春。果菜魚蝦香稻稔，青山綠水俗風淳。能不戀紅塵？

長相思——怨

命難違。命難依。陰雨綿綿悲苦悕。悔知君性威。　雨霏霏。淚霏霏。窗外斜風飄雨微。淒涼深閉扉。

攤破浣溪沙——迎春

陣陣春風吻杜鵑。枝頭桃李互爭妍。鳥語花香蝶飛舞，燕呢喃。　大地復甦迎願景，戀人相視更相憐。只怕春衫難禦冷，忍風寒。

如夢令——暮春

乍暖還寒時候。涼雨瀟瀟爾後。忽見綻荼蘼，天棘絲絲茁茂。青秀。青秀。春盡夏來蟬奏。

菩薩蠻

芙蓉出水如詩畫。蜻蜓佇立荷梢碧。漫步自悠閒。白蘭花爛斑。　夏來春去遠。晝永休閒晚。燈下賦新詞。餘生多所期。

采桑子

當年花下濃情蜜，誓不相忘。誓不相忘。締結姻緣效鳳凰。　如今情斷分飛燕，無限悲涼。無限悲涼。獨置伊人衾枕霜。

相見歡——暑夏

荷塘又颺花香。鴨徜徉。午後對流狂雨、景茫茫。　亭中憩。芙蓉閉。鷺鷥藏。盼望倘來秋颸、好乘涼。

浣溪沙——秋

夏去秋來爽氣清。河塘枯蔓遍橫生。蟪蜩樹上放聲鳴。　世事無常天不應，深情雙雁也牽縈。寄吟詞賦展舒情。

玉樓春

櫻花處處開顏笑。春雨綿綿寒料峭。農家種稼事田疇，大地春回光照耀。　人生禍福難先料。疫病忽從天上掉。昌明科學毒威戢，盼望陽光重普照。

鐘選

先　覺（五唱）

惹非惹事先開口，爲哲爲愚覺在心。

臺　北（二唱）

地北天南談趣事，樓臺水榭唱遊園註。

註　「遊園」：是崑曲〈牡丹亭〉之一折。

蒲　劍（四唱）

楣掛香蒲驅魍魎，魚藏寶劍刺吳王。

聯選

題岳陽樓

天下事，後樂先憂，希文了得；閣中詩，昔聞今上，子美無倫。

題留侯祠

佐漢論功高將相，報韓了事隱山林。

王美子

新北市網溪國小退休，曾任《國語日報》寫作組教師。平生愛好詩書畫，書畫於國內外聯展多次，並個展二次。書法參加全國比賽得佳作，國畫則獲日本書道展優等獎。現任中華世紀書畫協會監事、中華詩學理事等，三處畫協會理事或監事。參加全國古典詩比賽榮獲第一名。著有《文心詩集》一書。

詩選

冬日淡江垂釣

臘月淡江漾水粼，鷺翔山色映橋橫。寒風沁骨閒垂釣，潑剌看魚樂晚晴。
名利攸忘心氣定，石磯坐到暮雲平。逍遙自在不歸去，世上人誰會此情？

遊臺北龍山寺

瀛壖名剎龍山寺，供奉慈祥觀世音。護國安民香客萃，酧恩捐獻萬鍾金。

大漢詩社春讌

還暖乍寒山遠笑，瑞蘭社長喜光臨。恢宏大漢揚中外，丕振元音耀古今。
嚼啖佳餚快頤朵，飛來麗藻奮身心。相期展覽興文苑，新店題襟樂且忱。

九日大屯山登高

重陽集體上岧嶢，鬢插茱萸逸興饒。俯瞰淡江夕陽美，大屯山頂樂逍遙。

杜　甫

少陵吟詠成詩史，背井離鄉避戰爭。居傍浣花生活苦，千秋李白共齊名。

其　二

子美詞章成信史，經常離亂寫生涯。奇才李白無遑讓，千古流傳不朽詩。

農夫

春始插秧夏除莠，秋來收割粟盈倉。農夫五穀豐收笑，冬至家家酬社忙。

閒居

傍案閒來親四寶，詩書畫裡苦尋思。手無釋卷徐揮筆，坐到天明寫好詩。

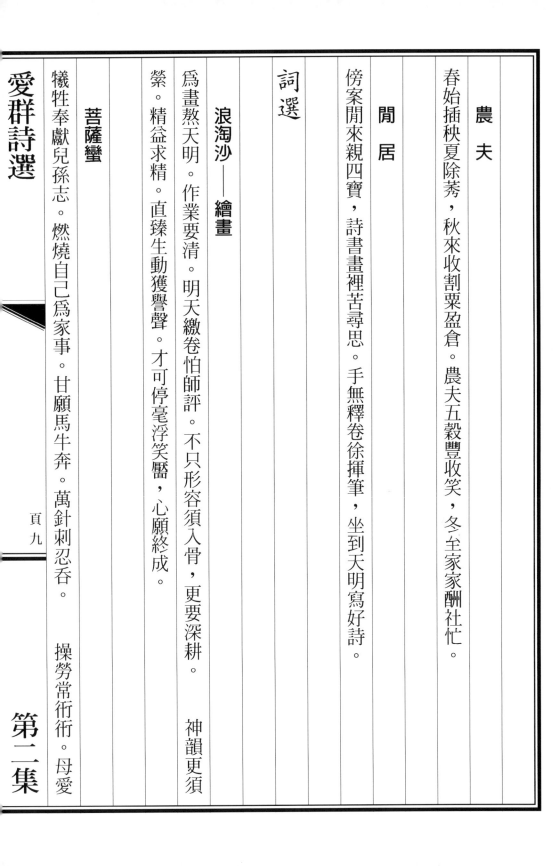

詞選

浪淘沙——繪畫

爲畫熬天明。作業要清。明天繳卷怕師評。不只形容須入骨，更要深耕。　神韻更須縈。精益求精。直臻生動獲譽聲。才可停毫浮笑靨，心願終成。

菩薩蠻

犧牲奉獻兒孫志。燃燒自己爲家事。甘願馬牛奔。萬針刺忍吞。　操勞常衎衎。母愛如熙暖。飲水自思源。孝行當念恩。

卜算子——樹木哭訴

群岫靠余生，水土乃得養。器具房樓建築須，美麗超想像。　人類卻無情，砍伐日來往。以至林空水患臨，悔不護膏壤。

鐘選

醉　吟（二唱）

酒醉玉山看已倒，詩吟金句樂無窮。

人　日（一唱）

日夜倒顛難振作，人倫失序不相諧。

聯選

題朱文公祠

格物致知宏聖道，反躬踐實步康途。

題臺北霞海城隍廟

迪化護神，一城永固；稻江燮理，百姓平安。

題諸葛武侯祠

復漢扶劉，六經以後唯雙表；儔伊匹呂，三代而還第一人。

題岳陽樓

面對洞庭氣勢偉，詩題子美價聲高。

其二

子美留詩題壁上，希文奇作勒樓中。

題福德正神廟（福德冠首）

福敷四境眾人拜，德播群黎五穀豐。

題留侯祠

進履耐心成大器，代籌借箸立奇功。

吳世彥

民國三十一年九月出生於雲林縣元長鄉。畢業於客厝國小、北港初中、嘉義師範普通科、國立臺北師範學院「初教系」、台北市立師範學院研究所四十學分班。任國小教師四十餘年。九十六年退休後，始學書法兼教書法。現爲正義國小書法班、明德書法班、靜心書法班教師。

詩選

冬日淡江垂釣

滬尾河邊持一竿，風霜不畏羨魚鰻。此中自有如姜尚，難覓文王眼界寬。

春讌

綺宴宏開唱鹿鳴，元宵待客供香羹。人生到處須歡樂，莫使空杯對月明。

杜　甫

顚沛流離度一生，浣花溪畔以詩鳴。胸懷稷契忠勤志，孤負經綸締太平。

祝山觀日出

諸羅名勝祝峰巔，旭鏡浮光雲海邊。欲迓晨曦須趁早，咸池不許懶牀仙。

觀　濤

佇立江邊放眼看，層層白練起波瀾。人間可有錢王弩，射退潮頭百姓歡。

九日大屯山登高

遠望帽峰連碧霄，七星菊蕊滿山飄。重陽棖觸憂思意，故國山河魂夢遙。

遊臺北龍山寺

萬華古寺謁龍山，廟貌湄洲伯仲間。暮鼓晨鐘啓聾聵，移風易俗化臺灣。

良緣

關睢自古即流行，月老如今險失榮。男女通婚合周禮，陰陽締結好鴛盟。
三生早註今生偶，五世其昌百世榮。豈可同婚違正道，傷風敗俗鬼神驚。

詞選

攤破浣溪沙——春遊

普八[註]相邀野柳逢。兩天和樂訴深衷。最是東風解人意，放晴空。會短情多聊不盡，
天長地久樂無窮。期待明年再重聚，得輕鬆。

註　「普八」，班級名。

如夢令

江水春寒鴨樂。山樹野花無數。香氣透窗簾，勾引人兒追逐。追逐。追逐。郊外美景非
俗。

菩薩蠻

中華漢字超奇特。音聲義理形形色。書法並吟詩。對聯兼賦詞。竟然成藝術。中外皆稱絕。騷客樂無邊。揮毫幾欲仙。

其二

東溟曉日毫光現。可憐海國頻遭變。藍綠惡相爭。人民苦命撐。大家齊合力。翻轉苛民賊。選出正賢能。安居享太平。

采桑子

臺中邂逅無緣聚，空自相思。欲會難期。只合心中惦記癡。如今白髮蒼蒼矣，相見何遲。夢寐難知。惟待三生石[註]見時。

註　「三生石」：傳說唐代李源與轉世的惠林寺僧圓觀再次相逢的故事。唐代袁郊《甘澤謠・圓觀》謂大曆末年，李源與洛陽惠林寺僧圓觀為忘年交。二人自荊江上峽，見婦女數人負甕而汲，圓觀望而泣下，曰：「其中孕婦姓王者，是某託身之所。更後十二年中秋月夜，杭州天竺寺外，與公相見之期也。」是夕，圓觀亡而孕婦産。後十二年中秋八月，李源至餘杭赴其所約，有牧豎歌《竹枝詞》者，即圓觀也。歌曰：「三生石上舊精魂，賞月吟風不要論。慚愧情人遠相訪，此身雖異性長存。」故事宣揚佛教的輪回宿命觀念，後又有人加以附會，謂杭州天竺寺後有三生石，即李源、圓觀相會處。是詩文中常用為宿緣典故。

其二

蟬鳴陣陣驚清夢，竟夕幽思。竟夕幽思。悶熱難當六月時。　風吹夜雨來消暑，正適温詩。正適温詩。男子成功莫犯遲。

相見歡

雲蒸霞蔚長空。興匆匆。朝夕相依同樂、樂無窮。　時相會。休辭醉註。是英雄。但願今生長聚、莫西東。

註　「休辭醉」：蘇軾〈次韻顏長道送傅倅詩〉：「如今別酒休辭醉。」

憶江南——颱風夜

風漸大，雨水下通宵。樹倒滿街枝葉斷，招牌吹落任風飄。長夜最無聊。

浣溪沙——南方澳斷橋

橋斷南方澳震天。颱風剛過禍相連。轟然出入阻漁船。　腐纜空中先斷裂，泊船橋下最堪憐。官謀不當害人間。

浪淘沙

寒雨下連天。水滴珠圓。野梅未放氣如煙。江水奔流翻白浪，鷺立蓮田。　願子孝孫賢。和樂為先。全家圍坐火爐前。閒話家常無介意，安過新年。

玉樓春

寒流刺骨東窗閉。烈日當空頻獻藝。棒球國手奮操兵，打敗頑強須惕厲。　始終不懈明眞諦。爲國爭光勤算計。英雄不怕出身低，奮取錦標威國際。

聯選

題日月潭

日暖鳥聲喧，十里飄香聞不盡；月明杵歌響，三山倒影顯多嬌。

吳欐櫻

臺灣新竹人，元培醫事科技大學畢業，金融業退休後，專注於水墨畫、金石篆刻、手工藝創作與古詩詞研習。現任：中華大漢書藝協會理事、中華藝文交流協會常務監事、吳欐櫻書畫藝廊負責人、新竹市國畫、彩繪社區達人。

詩選

觀濤

倚岸觀濤萬馬行，斜依波影數鷗鳴。狂濤裂岸如鉦韻，駭浪懷山似鼓聲。
秋水望穿翹首盼，春風吹徹卻心驚。淚傾欲盡愁難解，別緒摧心斷了情。

其二

白浪翻騰沒海灘，驚濤拍岸浪花殘。鼓弦神曲歌千闋，耳入清音心自寬。

遊臺北龍山寺

萬華古剎龍山寺，暮鼓晨鐘警世愆。前殿觀音慈相現，大堂善信敬心虔。
盤龍雕柱檀香繞，月老神君紅線牽。盼得良緣結善果，慈暉遠蔭福昌縣。

其二

曾居艋舺十餘載，大殿觀音座寶蓮。靈驗善男兼信女註，綿延福澤喜隨緣。

註「善男信女」：佛家語。指信奉佛教的男女教徒。《金剛經．六譯疏記》：「善男信女有二義。一以人稱，是四眾人也。一以法喻，以羅漢性剛直，能自善不能化人，表為善男子；菩薩性柔和慈悲，能自化化人，稱佛善根，紹隆佛種，表為善女人。」

閒居

絢麗池旁築畫堂，墨研入水滿幽香。紅塵不染心閒散，揮灑丹青繪鳳凰。

其二

滿苑繁花豔，魚嬉荷葉間。塵離心自遠註，日日適悠閒。

註「心自遠」：陶淵明《飲酒》詩：「問君何能爾？心遠地自偏。」

詞選

攤破浣溪沙——聽濤

遠處雲嵐聚碧岍。層層波浪似花嫣。戛玉敲冰註難解悶，不能眠。倚岸思人愁繾綣，情如天水渺無邊。笑問癡心值幾許？莫流連。

註「戛玉敲冰」語出：白居易《聽田順兒歌》：「戛玉敲冰聲未停，嫌雲不遏入青冥。爭得黃金滿衫袖，一時拋與斷年聽。」

如夢令——春晨

一夜春寒雨滯。曉起光風新霽。靜享氣清和，霧裡花朝潤髻。輕綴。輕綴。七里飄香綺麗。

其二——詠仙人掌花

花綻仙人春喚。環簇嫣紅霞爛。色豔賽天香，顧盼徘徊染翰。葩璨。葩璨。客至並皆賞歎。

采桑子

夏荷新霽依池畔，淡雅清妝。嫵媚飄香。喚引蜂兒採蕊房。　雨沾碧葉珠璣萃，水靜魚藏。風倚蘿緗。潤舞多姿映水塘。

其二

夜眠乍醒渾疑夢，天幕藍灰。殘月初隤。空枕青春輕怨哀。　芳香晨氣穿窗住，雀鳥飛來。茉莉遭摧。墮粉消香淚灑顋。

菩薩蠻——後宮

花鈿鐫刻嬌顏相。願教白首別離忘。二八入宮牆。巧妝候帝王。　黛眉空想像。姿豔無人賞。撫琵淚沾襟。君聽空外音註。

註　杜甫《擣衣》詩：「用盡閨中力，君聽空外音。」

其二

五更昧爽天微亮。佇窗雀鳥歡欣唱。身起院中行。涼颸拂面迎。　繁花春意鬧。彩蝶舞衣耀。輕嘆豔難留。相思歲月悠。

攤破浣溪沙

風雨相侵夜到明。沾珠茉莉滿庭橫。摧損殘花不由己，不勝驚。　黛玉葬花頻淚灑，落英欲揀蘊深情。情切意綿無盡處，醉顏傾。

相見歡

荷紅翠蓋追嬉。引蜂窺。承諾誓盟不悔、愛相隨。　花已墜。嬌顏萎。葉傷悲。珠露晶瑩泫泣、淚潸垂。

其二——情思

衣緋麗影叢芳。欲尋香。雲鬢飄垂顒雪、映紅妝。　浮生事。風月淚。憶茫茫。待字年華虛度、羨鴛鴦。

憶江南——長照難

心好痛，歲月嘆滄桑。二老耄齡難自主，兒曹垂暮鬢如霜。烏哺願難償。

其二——西子灣夕陽

斜灣澳，北麓上柴山。脈脈餘暉澄夕霽，海天一色水漩澴。綺景醉心歡。

浣溪沙——曇花

月下瓊花一夜芳。蕊黃舒展散馨香。奈何天亮卸清妝。　纖手拾香空自怨，癡心著黜為君張。方殤夢斷薄情郎。

其二——石斛蘭

石斛蘭註英著粉妝。交輝紅白璧增光。離離垂擺采風揚。　迭背挨肩皆嘆賞，盈胸滿腹奏詞章。文思湧現詠吟忙。

註　石斛蘭，蘭科。多年生常綠草本，附着高山岩石或樹上，高六、七寸，莖有節，葉狹而厚，脈平行，互生。夏日開花，花被不整齊，色淡紅或白，往往二花相叢集，生於莖之上部。見《本草》。

周忻恩

字翰貞。國立臺灣藝術大學書畫系畢業。獲頒適任書法教師證書。個展四次。聯展於海內外數十次。現任中華大漢常務理事、中國澹寧書法協會第八屆顧問、臺北市中國畫學研究會理事、中華民國古典詩研究社理事。

詩選

杜甫

萬里行吟嘆鳳麟註，畢生憂國更憂民。康莊大道疑無路，詩聖頭銜勝要津。

烽火瀰漫心欲碎，妻孥顛沛志難伸。浣溪便是忘機地，滿腹經綸萬世珍。

註「嘆鳳麟」：喻世衰道微也。唐玄宗《經魯祭孔子而嘆之》詩：「嘆鳳嗟身否，傷麟怨道窮。」

祝山觀日出

佇立祝山眸遠望，逶迤石徑尚凝霜。六龍註一御出爪鱗現，雙鳳註二飛臨翅羽張。

樹木風來枝競舞，芒鞋露濕草留香。游君垂老詩猶壯，險韻吟成盡一觴。

註一　六龍句：《淮南子・天文》：「爰止羲和，爰息六螭。是謂懸車。」許慎注：「日乘車，駕以六龍，羲和御之。」李白《蜀道難》：「上有六龍回日之高標。」

註二　雙鳳句：《詩・大雅・卷阿》：「鳳皇鳴矣，于彼高岡。梧桐生兮，于彼朝陽。」

觀濤

萬馬奔騰天際來，洪濤瀵瀁響如雷。飛廉[註]助勢彌雄壯，前浪喧豗後浪推。

註　「飛廉」：風神名。見《風俗通》。

九日大屯山登高

大屯山上過重陽，菊蕊簪頭鬥豔粧。往事回思莫惆悵，騁懷游目似仙鄉。

遊臺北龍山寺

艋舺紺園回字形，晨鐘暮鼓發人醒。慈暉遠蔭恩波盛，九品蓮臺[註]渡萬靈。

註　「九品蓮臺」：佛家語。修淨業者，有種種差等。故往生極樂世界時，所托之蓮花臺座，亦有上上乃至下下九品之差別，謂之「九品蓮臺」。

同學會

同窗聚會樂舒懷，笑貌高歌極快哉。聽取桑田並肩坐，色絲註句忽入詩來。

註　「色絲」：「絕」的意思，即「絕妙好辭」的隱語。黃景仁《都門秋思》：「側身人海嘆棲遲，浪說文章擅色絲。」《世說新語．捷悟》：「魏武嘗過曹娥碑下，楊脩從。碑背上題作『黃絹、幼婦、外孫、齏臼』八字。魏武謂脩：『卿解不？』答曰：『解。』魏武曰：『卿未可言，待我思之。』行三十里，魏武乃曰：『吾已得。』令脩別記所知。脩曰：『黃絹』，色絲也，於字為『絕』；『幼婦』少女也，於字為『妙』；『外孫』女子也，於字為『好』；『齏臼』受辛也，於字為『辤』：所謂『絕妙好辤』也。魏武亦記之，與脩同。乃嘆曰：『我才不如卿，乃覺三十里！』」

良緣

姻緣天錫璧珠聯，翕爾如調琴瑟紘。對舞鳳凰佳伉儷，相莊梁孟賽神仙。

詞選

菩薩蠻

酒逢知己不知醉。吟詩敢把小人誶。去也我徬徨。來時亦若狂。　陰晴時不永。禍福尋無影。背道但愁馳。倩誰解得迷？

相見歡

徐來雨便淹留。水悠悠。柳渚荷汀風絮、馥盈疇。　花間露。霞邊鶩。眼中收。怎忘得情似酒、念離儔。

憶江南

三亞美，南國一奇葩。帆影煙波迷海角，蕉風椰雨渺天涯。情暖夕陽斜。

卜算子——大湖公園

絕妙大湖濱，贊賞環村貌。橋拱如虹映碧波，遮道松林俏。　紫陌蝶翩飛，淺水魚歡躍。一曲清歌漾綠園，騷客迎風笑。

浪淘沙——遊捷克布拉格

莫謾嘆飄

妙景眼前驚。麗景天成。天文鐘準發清聲。大鎮小城游一匝，奧秘重生。

零。此樂難勝。教人慎對世間名。順逆猶能顛倒在，魂夢牽縈。

鐘選

醉吟（二唱）

醺醉忘憂眞富貴，行吟寄興大文章。

人日（一唱）

人有千金非幸福，日無百慮是神仙。

海　秋（三唱）

風掀海水奔千馬，霜落秋山綻萬楓。

來　了（五唱）

惜情念舊來心喜，附勢趨炎了眼慵。

聯選

題福德正神廟（嵌「福德正神」）

福被千秋人得正，德施四境世稱神。

題玉山

一柱凌霄，滄桑閱盡人間世；九秋躋頂，麗藻飛來[註]物外天。

註　「麗藻飛來」：錢起《奉和宣城張太守南亭秋夕懷友詩》：「江山飛麗藻，謝朓讓詩名。」

題岳陽樓

滕子重修留偉蹟，范公一覽著奇文。

題西湖湖心亭

沉碭晶瑩珠一顆，明漪瑰麗地三弓。

林景重

一九四〇年出生，福建林森縣人。淡江大學中國文學系畢業。服務郵政四十二年，現於中華郵政退休協會擔任義工，堪稱「退而不休」。

詩選

釣魚樂

魚游大海樂陶陶，不幸相濡無地逃。刀俎加身砧板血，誰聽碗裡有哀號。

春讌

滿園桃杏報陽春，竹葉杯中淑氣新。今日勸君輕量飲，逍遙歲月百年身。

九日大屯山登高

重陽獨步翠微巔，放眼雲山樹萬千。闕渡一輪紅日照，帽峰虹影屬詩仙。

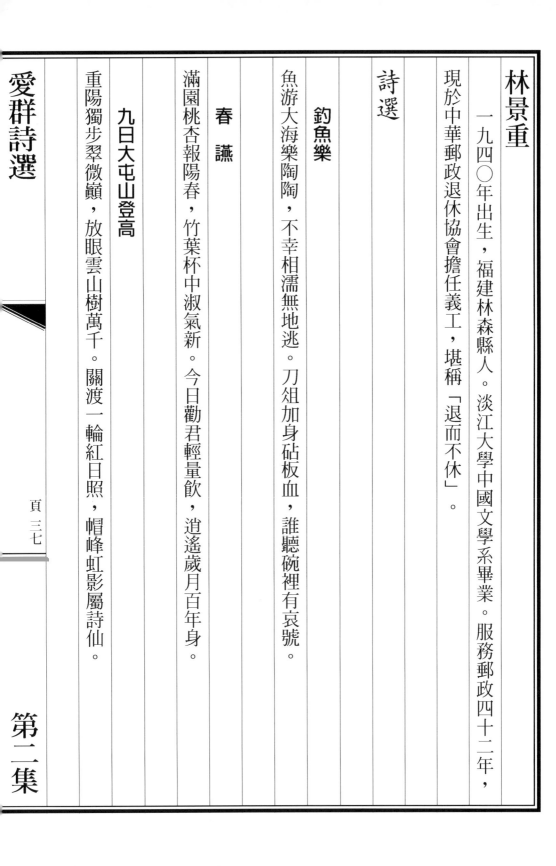

遊臺北龍山寺

龍寺聽經開覺路，觀音普渡有緣人。眾生平等可成佛，煩惱澄清即見眞。

山　居

達人卜宅竹相鄰，隙地栽花點綴新。採藥當茶留客住，樹深山靜遠紅塵。

詞選

長相思——農家

滿山花。滿溪花。淡泊耕農隱逸家。湖邊伴晚霞。　觸無邪。思無邪。今日同歡傍水涯。明朝博浪沙。

攤破浣溪沙——淑女

克己修身結善緣。溫文儒雅效前賢。氣旺神清如美玉，有根源。　秀筆常書無量義，照心一詠有情禪。閱讀南華明妙法，好參玄。

其二——夢

天籟溪光獨夢閒。飄然幽谷與潺湲。勝地每從荒野過，少人喧。　三徑尋芳逢五柳，東籬採菊見南山。雲去雲來何自在，出塵緣。

菩薩蠻——養生主

清心養性防衰老。樂天知命延年好。寡慾是良方。保身五世昌。　放懷觀妙諦。雅量湧高志。修己學逍遙。助人意氣豪。

其一——迷惑

曲終人散成空影。山長水闊難馳騁。無語問蒼穹。靈犀信未通。　眾緣塵夢逝。迷惑烏雲蔽。今日得禪詩。清明自在斯。

采桑子——癌

談癌色變人人畏，入肺侵肝。化療摧殘。剖腹開腸更不安。

淚痕滿面拖延誤，也去扶鸞。尚少仙丹。惟有觀心可自歡。

其二——雲淡風輕

陽光送暖花兒好，綻放爭妍。漫步公園。淡雅芬芳氣息連。

輕風吹拂通身爽，頓覺如仙。攝影留存。隨意贈人任結緣。

浣溪沙——尋幽

大廈高樓失自由。秋山石上少同遊。每思取靜作雲悠。

蘭竹與人先契合，山林隨地覺清幽。明心見性復何求。

卜算子——孟子

孟子見梁王，仁義興邦說。上下交征逐利危，猶似江河決。

性善大名揚，眾樂須普

設。麀鹿不驚覺有情，靈沼觀魚悅。

浪淘沙——諸葛亮

三顧起茅廬。策獻聯吳。曹軍赤壁失雄圖。功蓋三分興漢祚，八陣兵書。　兩表力扶孤，盡瘁輕軀。祁山乘雪赴征途。天地忽而亡正統，西蜀奔徂。

玉樓春——狐仙

狐仙法力每常變。百歲千年飄素練。婦人美女幻成形，妲己紂王朝夕戀。　聊齋筆下亦多見。佳麗善良垂笑倩。吟詩作對勝書生，智慧高明超眾彥。

聯選

題朱文公祠

得道尼山，反躬實踐三千載；說經鹿洞，窮理致知第一家。

題滕王閣

與樵友傾聽，漁舟唱晚煙波外；有騷人遠望，雁陣驚寒山雨中。

題岳陽樓

一覽洞庭，後樂先憂思曩哲；重遊勝地，南來北往騁高懷。

題諸葛武侯祠

聯吳，三分鼎，出師揮灑雙行淚；保蜀，八陣圖，寄命匡扶六尺孤。

題城隍廟

天道昭昭，利謀社會終有報；神靈赫赫，福造人群後必昌。

唐謨國

民國十年三月十三日生，湖南武岡人。省立湖南六師畢業，服務期滿考取湖南國立師院，讀未二月，日寇逼境，投筆從戎，後讀軍校及陸指參大正十三期。歷任軍中要職，陸步上校退役。書藝詩詞獲國內外大獎甚多。

詩選

冬日淡江垂釣

吹葭過後氣嚴寒，騷友淡江垂釣竿。紅鯉上鉤貪食餌，白鷗貼水飽飧餐。
再逢呂尚良非易，重見嚴光更是難。今日大官多諂媚，何能國泰與民安。

春讌

春轉乾坤眾卉鮮，天成飯店設瓊筵。山珍海錯堆盤滿，蟻綠鵝黃接罐妍。
駿彥騰歡飛百盞，鴻儒敲詠賦千篇。群賢老少多欣樂，賓主醺醺扶跌還。

杜甫

楹書註一夙勤讀，七歲識文詩。王、孟註二相傾慕，高、岑註三唱和馳。
大材偏不遇，篤志竟難施。稷、契空懷抱，流離萬古悲。

註一　楹書：指先人遺言、遺囑、遺書。《晏子春秋·雜下》：「晏子病，將死，鑿楹納書焉。謂其妻曰：『楹，語也，子壯而示之。』」今謂讀父書曰讀「楹書」本此。

註二　王孟句：俞弁《逸老堂詩話》：「古人服善，往往推尊於前輩，如杜少陵『不見高人王右丞，藍田邱壑蔓寒藤。』復憶襄陽孟浩然『清詩句句盡堪傳。』」

註三　高岑句：高適有《人日寄杜拾遺詩》、岑參有《寄左省杜拾遺詩》。

同學會

愛群教學術翻新，聽課恆逾三十人。解惑西賓循善誘，勤修國粹歷艱辛。
三臺參賽榜登夥，兩岸聯吟獲獎頻。振鐸如斯何處得，中華文化慶傳薪。

良緣

佳偶天成一線牽，三生石上定良緣。郎才女貌眞宜配，夫唱婦隨儼似仙。
相愛相親戚朋敬，同心同德石金堅。月圓花好百年吉，美滿家庭遠近傳。

詞選

攤破浣溪沙——果農發財

棗柚纍纍樂果農。鳳梨巴樂茘枝豐。芒果楊桃釋迦美，盡甜濃。　婦女男兒口同嗜[註]，
鳥鳴蟬噪耳偏鍾。苦辣酸甜饞固異，味相通。

註　口同嗜，《孟子．告子》：「口之於味也，有同嗜焉。」

菩薩蠻——五月母親節懷親恩

榴紅五月娘親節。人間兒女懷恩熱。感謝母親生。更思劬育情。　萱闈眞偉大。孺子
無能最。寸草表區區。三春暉怎趨？

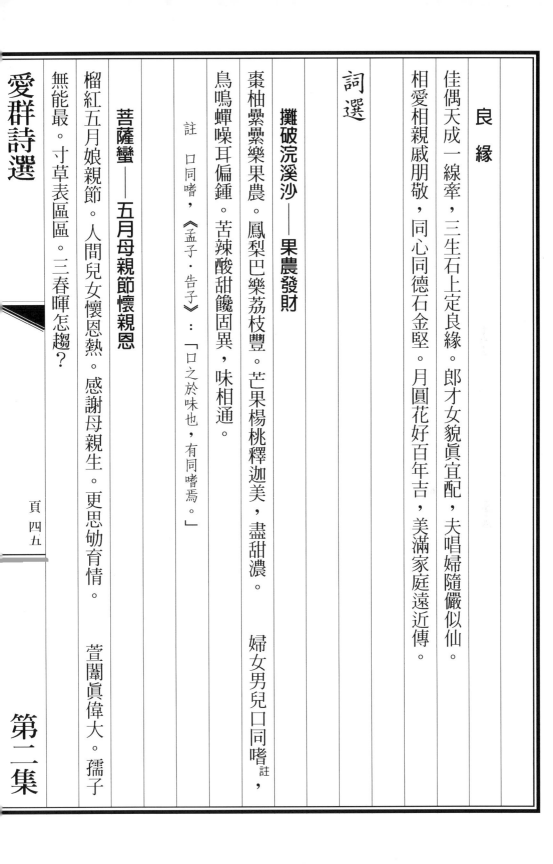

浣溪沙——人老矣

人老身心逐日衰。智能減退腦筋癡。扶笻行動履輕移。　字到筆頭忘記錯，語纔口出措詞遺。晚晴贏得恨離離。

浪淘沙——淡江晚眺

淡水浪滔滔。洶湧推高。遠山含黛靄迢迢。群雁飛翔聲跌宕，晚景飄陶。　船捕網魚逃。男女漂濤。岸邊釣客靜心操。對對情人都叫笑，鷺侶風騷。

玉樓春——牡丹迎春

牡丹鯤島花開早。魏紫姚紅新豔妙。紅男綠女搭肩看，墨客騷人尋采藻。　花團錦簇人人寶。國色天香超眾貌。玉堂富貴到皤頭，龍鳳呈祥闔第好。

鐘選

梅　鶴（七唱）

陸機淚灑華亭鶴，秦觀詩吟庾嶺梅。

海　秋（三唱）

天涯海角情難斷，夜雨秋風夢不成。

蒲　劍（四唱）

罰用鞭蒲在知過，思懷掛劍表交情。

來　了（五唱）

颱風暴雨來千害，夏葛冬裘了百愁。

風雪（六唱）

勤學孫康窗雪映，困貧杜甫屋風隳註。

註　杜甫有〈茅屋為秋風所破歌〉

忠孝（七唱）

虞舜慕親稱大孝，岳飛刺字表精忠。註

註　《孟子・萬章》：「大孝終身慕父母，五十而慕者，予於大舜見之矣。」

聯選

題諸葛武侯祠

龍臥隆中，使君一對三分定；鹿爭天下，報主千秋兩表傳。

題臺北霞海城隍廟

霞光萬道，正邪善惡，照明眼底，絕難寬貸；
海浪千層，禍福吉凶，報應身前，總得持平。

題玉山

一劍雄奇，直插雲霄凌日月；千峰毓秀，縱行南北壯乾坤。

題岳陽樓

南極瀟湘，隴畝膏腴詠騷客；北通巫峽，重巒疊嶂嘯靈猿。

孫晉卿

山東嶧城人，天馬畫派傳人，天馬世界書畫總會總會長。曾任職國防部、國安局、國安會、總統府。民國八十六年退休後教學培養天馬人才，舉辦畫展，交流弘揚中華文化。曾榮獲日本國際文化獎、北京金鼎獎、河南省特別金獎。先後出版《天馬世界》等專集十二種。曾接受美國中華之音、山東衛視、東森、教育、中廣、警察電臺及沈春池文教基金會專訪。尚在學習詩詞，還請先進指教。

詩選

冬日淡江垂釣

冬日淡江別有情，楓霞競秀忒分明。石磯垂釣心常樂，遠隔紅塵不世爭。

春讌

往日陳高酒已空，如今寧忍負東風。屈原醒與陶潛醉，飲止三巡樂事融。

註 「陳高」：陳年高粱酒。

祝山觀日出

暘谷曈曨眺祝山，谽谺萬燭靄霞間。陽阿晞髮情何限，沉醉教人欲忘還。

九日大屯山登高

登高遠眺海連天，屯嶺微風谷底傳。九日飛觴忘落帽，自嘲文比孟嘉妍。

遊臺北龍山寺

巍峨艋舺註一龍山寺，興建乾隆百世傳。供奉觀音香火盛，永懷福智義捐先。註二

註一　艋舺：今名萬華，屬臺北市。

註二　民國八年（一九一九）龍山寺因棟樑遭白蟻蛀蝕嚴重，當時住持福智法師率先捐出其一生積蓄七千餘元，集資修復，奠定今日龍山寺規模。

攤破浣溪沙——步李中主韻

窗外風吹落葉殘。紅羊劫起故鄉閒。淮海鏖兵屍遍野，不堪看。　午夜夢回親不見，登樓遙望更心寒。無限悲情多少淚，倚欄杆。

如夢令——有感

正值清明遙拜。憶昔淮中兵敗。臺海艤艨艟，午夜難眠心戒。心戒。心戒。兩岸三通願遂。

菩薩蠻——步李白韻

寒風陣陣煙如織。江水滔滔接天碧。醉臥小書樓。夢醒愁更愁。　半生蔑功立。朝夕思鄉急。何日是歸程？月明獨倚亭。

采桑子

選前造勢凱蘭道註，旗海飄揚。國運隆昌。鑼鼓喧天警衛防。　明爭暗鬥人民怨，經濟無良。生活悲涼。但願成功復漢疆。

註　民國一〇八年六月一日，國民黨總統初選人韓國瑜在總統府前凱達格蘭大道，舉行造勢大會，四十萬人參加，旗海飄揚，鑼鼓喧天，人心思變。

浣溪沙——有感

窗外秋風陣陣傳。舉杯獨酌夜難眠。無成一事度餘年。　海上干戈多變化，港中烽火尚推遷。衛民保國最爲先。

鐘選

梅　鶴（七唱）

日昃鷗群隨野鶴，風流騷客伴寒梅。

醉吟（二唱）

酒醉消愁愁更重，詩吟娛樂樂無窮。

海秋（三唱）

紅葉秋蟬詩有畫，碧雲海鶴畫如詩。

蒲劍（四唱）

戶插菖蒲驅魍魎，門懸艾劍辟邪魔。

來了（五唱）

離鄉背井來鯤島，廢寢忘餐了象棋。

聯選

題臺北霞海城隍廟

稻江榴月時，神輿隆重巡闤闠；霞海城隍誕，善信虔誠祭醴牲。

題福德正神廟（福德冠首）

福佑群黎風雨順，德覃四境國民安。

題玉山

萬山伏地獨稱霸，一柱擎天舉世尊。

題岳陽樓

金殿讀少陵詩，昔聞今上；玉閣誦希文記，後樂先憂。

題留侯祠

輔漢功成師避穀，復韓事竟學爲仙。

張秋月

以前沒寫過詩詞，這是生平第一次學寫，經楊老師君潛先生的指導，從不懂平仄，到能寫成一首詩詞，從零到有，感受詩詞的美，及寫作的樂趣。

詩選

冬日淡江垂釣

冬晴滬尾冷颼颼，河畔垂綸著敝裘。多少幽情多少恨，卻教珠淚夾新愁。

春讌

遲日桃花競豔緋，金杯錯落註客觴飛。佳人同飲逍遙樂，隨好情濃醉忘歸。

註「金杯錯落」：元張可久《折桂令》曲：「金杯錯落，玉手琵琶。」

杜甫

杜陵奇特少年郎，七歲能詩譽遠揚。愛國憂民傳百代，振騷抗雅冠三唐。

流離顛沛淹巴蜀，造次毋忘復漢疆。中外古今無與比，榮登詩聖日爭光。

九日登高

隻身還作他鄉客，九日登高心不懌。雁字歸來楓葉紅，思親孤負景如畫。

九日大屯山登高

寒雲雁貼翔，屯嶺醉重陽。楓葉蕭蕭下，蘆花瑟瑟揚。臨風雙鬢雪，落帽滿頭霜。獨送日西昃，故人水一方。

註　「寒雲雁貼翔」：納蘭性德詞：「雁貼寒雲次第飛。」

遊臺北龍山寺

鵑城藏古寺，艋舺禮觀音。法鼓隆隆震，香爐裊裊歆。兩廊喧貝葉，四角滿風林。不覺靈光現，如來怳忽臨。

如夢令——慶端午

又是端陽時候。米粽香囊備就。五瑞[註]遍懸門，毋壽平安祈祐。祈祐。祈祐。杯酒雄黃辟疢。

註　「五瑞」：菖蒲、艾草、石榴花、蒜頭、龍船花。

其　二

依舊蒹葭堤遠。又是秋潮向晚。多少恨無涯，歷盡風霜悴損[註一]。歸返。歸返。難掩內心偃蹇[註二]。

註一　悴損：李清照《聲聲慢》詞：「滿地黃花堆積，憔悴損，如今有誰堪折？」

註二　偃蹇：屈曲貌。白居易《泛太湖書事寄微之》詩：「澗雪壓多松偃蹇。」

菩薩蠻——登軍艦岩憶故人

小山斜徑岩軍艦[註]。長階綠樹雲飛緩。四面滿風搖。髮揚裙帶飄。　觀音山縹緲。借問君家好。依舊夕陽紅。故人無影蹤。

註　軍艦岩（在臺北唭哩岸陽明大學）是大屯山系最南端的一個山嶺。山頭的雪白巨岩，如方舟的軍艦而得名。

攤破浣溪沙——春雨

細雨泥融青草香。微風沙暖滿庭芳。多少喜歡心蕩漾，慶生長。　老樹新枝情跌宕，
杜鵑幽徑興悠揚。萬物靜觀皆自得，且徜徉。

其二——舞拉丁

恰恰剛柔似蝶飄。倫巴優雅柳纖腰。俏麗佳人載歌舞，欲魂銷。　捷快輕盈賽飛燕，
森巴翹尾不勝嬌。嫵媚婀娜自花樣，思迢迢。註

註　拉丁舞有五種舞蹈：恰恰恰、倫巴、森巴、鬥牛及捷舞。

采桑子

那天分手心飛散，覆水難收。覆水難收。誤會傷情萬斛愁。　如今才道當時錯，欲走

還留。欲走還留。再續前緣來世求。

相見歡——遊宜蘭東澳粉鳥林漁港

鷗群東澳采風。喜相逢。峻嶺脈連碧海、渺無窮。　遊粉鳥。媽祖禱。眾文雄。吟唱詩詞歡喜、掌聲洪。

菩薩蠻——法鼓山

海邊臥佛雲烘日。聽潮護眾觀音立。法鼓震遐方。鐘聲渡客房。　妙音宣正法。精進持清業。只在此山中。隨緣證性空。

其二——深情金山

依山傍海金包里註一。忽聞鑼響漁船駛。潑剌水波長。望魚兒滿艙。　晨曦濛霧雨。霞映雙燭嶼註二。朝暮岸邊旋。歸程待問天。

註一　金包里：金山舊名。

註二　雙燭嶼：即燭臺雙嶼，金山八景之一。餘七景為：水尾泛舟、龜島曉日、磺港漁火、跳石銀瀾、竹峰吐霧、八煙望洋、磺嘴吼煙。

憶江南——羅馬特雷維噴泉

行路遠，羅馬任逍遙。滿腹泉前心願許，銀光飄灩淚痕消。明月伴長宵。

其二——搭機返國

回家樂，長夜困難眠。破曉搭機歸路急，天涯飄泊雁飛還。千里月團圓。

浣溪沙——颱風

驟雨浪浪石鼓鳴。亂枝瑟瑟樹驚驚。翻濤打岸水龍騰。　人世誰憐皋子[註一]淚，天公不會杜翁[註二]情。風調雨順是安平。

註一　皋子：指皋魚。《韓詩外傳．卷九》：「孔子行，聞哭聲甚悲。孔子曰：『驅！驅！前有賢者。』至，即皋魚也。被髮擁鐮，哭於道旁。孔子避車與之言曰：『子非有喪，何哭之悲也?』皋魚曰：『吾失之三矣：少而學，游諸侯，以後吾親，失之一也；高尚吾志，閒吾事君，失之二也；與友厚而中絕之，失之三矣。樹欲靜而風不止，子欲養而親不待也。往而不可追者，年也，去而不可得見者，親也。吾請從此辭矣。』立槁而死。

孔子曰：『弟子誡之，足以識矣。』於是門人辭歸而養親者十有三人。」

註二 杜翁：指杜甫。杜甫有〈茅屋為秋風所破歌〉有曰：「安得廣廈千萬間，大庇天下寒士俱歡顏。」

鐘選

人日（一唱）

日頭燄赫流金石，人影婆娑舞玉人。

來了（五唱）

一江春水來飛鳥，萬種風情了動人。

張秋梅

民國五十年出生於臺北市，金融業退休。二〇一八年在吳書法老師世彥先生引導介紹，於楊君潛老師座下，開始學習詩詞，喜歡詩詞。

詩選

春讌

春櫻蔟蔟暖初回，宴啓南庄傍水隈。翰墨因緣增雅誼，醄香乾盡醉金杯。

遊臺北龍山寺

參禪古剎龍山寺，北捷悠遊享快便。鼎盛馬廊香火篆，莊嚴龍柱梵音宣。

晨鐘側耳是非息，暮鼓潛心名利蠲。艋舺繁華收眼底，巍峨寶殿冠瀛堧。

其二

艋舺琳宮矗海疆，開門菩薩最呈祥。兩邊龍柱檀香繞，四角馬廊經偈揚。

眾路神明齊供養，十方旅客佑安康。觚稜彩繪交陶綴，滿是藝文都會藏。

詞選

攤破浣溪沙——元宵燈會

沙暖吹花月正圓。良朋市府逛燈園。科技光雕迷眾眼，訝心田。　彷入蜃樓神殿裡，飛天齊舞慶年喧。燈會彩迷忙去看，莫遲延。

如夢令——初春遊花園

餐後花園散步。又見櫻梅蔟蔟。想是雨初過，舞蝶春風相觸。催促。催促。待我靜觀其物。

菩薩蠻——晨遊恆河

日浮水涘金明滅。恆河旅客誠心悅。霧色入船頭。船圍鷗鷺留。　焚屍恭敬後。晨浴潔身垢。生死似何承？此消而彼增。

醜奴兒

那年密友安寧住，難掩哀傷。更斷柔腸。不道別離淚滿眶。　箕風畢雨註君何在？舊地迴望。雲瀑棚滂。植葬莊嚴極樂行。

註　「箕風畢雨」：《尚書．洪範》：「星有好風，星有好雨。」孔安國傳：「箕星好風，畢星好雨。」故後世用為指風雨。

相見歡——大稻埕煙火節

歡喧眾聚橋東。夜如虹。銀翼翔天、紛絮盡隨風。　嘆不止。信優美。彩迷瞳。煙火純菁、纏繞玉聲瓏。

夢江南——知本

知本好，林木散芬精。鳥語蟲鳴人忘返，泡湯民宿享昇平。親廟靜心行。

其二——朝聖印度靈鷲山

思想起，齋沐喜朝山註一。佛號遍傳靈鷲石註二，如來宣法再來盤。回首倚欄干。

註一　朝山：凡至名山大寺院禮佛者曰朝山。《西藏新志》：「其熱心禮佛者，至不遠千里而來拉薩，向達賴宮長跪，曰朝山，又曰朝活佛。」

註二　靈鷲山，簡稱靈山、崛山，位於古印度王舍城西，是佛教重要說法地之一。因山上石頭形似鷲鳥而得名。

浣溪沙——嘉義三寶山靈嚴寺

期待禪修國慶來。旅途黃柿滿山開。靈嚴夜眺海灣垓。　除擾靜心方哿矣註，貪瞋意馬爲何哉？滌清喜樂落塵埃。

註　「哿矣」：哿，可也。《詩．小雅．祈父之什．正月》：「哿矣富人，哀此惸獨。」

其二

思念郎君在遠方。楓紅窗外已初涼。雀橋相會露更長。　寄語白雲情意處，悠遊來去免愁腸。時時刻刻祝安康。

卜算子——湖邊偶遇大陸瑜伽女

湖面碧山光，湖水潺潺響。借問君家住那兒？不語湖山漾。　偶遇是奇緣，離去何須講。聚散無常總是緣，勿忘時常想。

其二——在臉書與友人重逢

雨水順簷流，珠玉盤中錯。獨自憑欄暗喟嘆，徹夜眠難度。　無處問君安，事故人情惡。網路重逢甚是歡，弗遠皆能樂。

聯選

題臺北霞海城隍廟

矞雲兆瑞，霞光照徹善和惡；紫氣呈祥，海曜明分陰與陽。

題福德正神廟（嵌「福德正神」）

福來自氣和，求已皆能正應；德起於行善，爲之必有神知。

其　二

大小廟都靈，凡有求必回應；黑白人無類，若行善定蒙庥。

題岳陽樓

魯肅操兵，光奄赤壁；孔明獻計，氣懾曹瞞。

題西湖湖心亭

天山一白昭昭，離世獨立；人鳥無言默默，聚亭雙癡。

題留侯祠

博浪椎操，報了韓仇而引退；圯橋書授，扶成漢室卻辭封。

陳曼麗

臺灣大學中國文學系畢業、臺灣大學中國文學研究所肄業、美國亞利桑那州立大學東方研究院哲學博士。出國前曾任教北一女及世界新專（世新大學）。在美國曾任教亞利桑那州立大學、歐柏林大學、阿默斯特大學、馬薩諸塞州立大學及卡拉馬祖大學。二〇一七年八月從卡拉馬祖大學講座教授及亞洲研究中心主任職位退休。同年年底得老同學辜瑞蘭引薦，有幸拜在楊師君潛先生門下，學習古典詩詞創作。感謝君潛老師的啓蒙和諄諄教誨，讓學生體驗到詩詞創作的挑戰和妙趣。

詩選

春讌

魚肉春蔬家宴備，更添秬鬯泛金波。先酬賜福諸神聖，再謝調羹嫡祖婆。

慶享今宵慈藹暖，欣迎翌日豔陽和。深耕綠芷芳華地，盛世青年不枉蹉。

黃山觀日出未果

寒霜墨夜造嵬嶷，眷念清晨望曙曦。霧吏靈官多懈怠，龍車莫奈困咸池。

觀濤

海上風生來巨浪，詩人讚嘆頌軒昂。如無造化慈懷邃，焉得豪情霸氣揚。
百代千年同賞識，宇寰宙合共瞻望。微瀾起伏重回蕩，細語柔聲更遠長。

遊臺北龍山寺

艋舺繁華回字地，雕龍繪柱奉觀音。三山善眾呈虔敬，一炷馨香獻悃忱。
俗世囂塵奔祿事，梵宮淨土置禪心。晨鐘暮鼓菩提意，福慧安寧萬葉琴。

閒居

黃鸝喋囁催晨起，綠乳清香瑟瑟煎。一曲春江花月夜，八方碧海艷陽天。
朝臨半冊停雲帖，暮讀三章法雨篇。信步閒軒藤圃角，凡花素葉舞翩翩。

同學會

廿載飛馳倏忽過，同窗三聚踏青河。閒聊長吏憂傷重，競炫兒孫樂趣多。
共慰張兄纏體痛，齊祛李姐絞心魔。重溫童稚青春誼，唱斷長亭古道歌。

詞選

攤破浣溪沙——春節前美中酷寒

柔雪遭寒凍欲僵。老松難奈滲心涼。年節緣何施冷酷，盼春陽。　望梓遊人行欲困，
覓糧飢鼠灶邊藏。共享圍爐煨焙宴，栗仁香。

如夢令——情悟

空寂荒園寒墅。錦被孱囊曾與。枯沼對殘楊，剩卻碎思閒語。如許。如許。笑送情癡歸
去。

菩薩蠻

幽幽曲徑瀟湘竹。桃簾欲卷春思獨。顰蹙聚愁眉。落花顏色衰。
意濃珠露涸。緣盡東風薄。詩魄寄梅魂，紅樓歸夢痕。

相見歡

忍悲語塞情牽。鷓鴣憐。恨煞無情更漏、速馳前。
錦衾冷。相思永。夢纏綿。企盼三秋彈指、早團圓。

憶江南

江南夢，夢入晉蘭亭。風暢觴流舒感慨，氣清賢聚慮穹冥。幽夢正酣馨。

浣溪沙

相聚奇難思念頻。今宵髦耋會南濱。聲沙手顫賀松筠。
酒過三巡稱未醉，語回千載憶猶新。叮嚀玉漏莫催晨。

卜算子

雲重壓天低，已午堯曦寐。大漢黃龍醉裡升，釀就眞娘魅。　瑣闥正情酣，不見靈均淚。沛雨屯盈灑杜鵑，花豔蒼松翠。

浪淘沙

鷹逝白雲中，院靜樓空。池邊綠柳又紅楓。留得琴聲憀亮處，摳目惛懵。　腸斷付飛蓬，亟逐西風。欲求載淚過江東。莫報晨昏思念切，企盼來鴻。

鐘選

梅　鶴（七唱）

志意專隨千歲鶴，芬芳廣布萬株梅。

醉　吟（二唱）

春醉紅梅霜後豔，秋吟金菊雪中清。

荷　月（一唱）

荷香逸出微颸發，月色溶開溽暑清。

聯選

題諸葛武侯祠

造福蒼黎，定國安邦，智擇仁君呈妙計。
匡扶赤帝，竭心盡力，忠尊聖道獻平生。

題西湖湖心亭

夢浸湖中月，情浮塔外雲。

題滕王閣

畫棟危樓，齊吟暮紫山光色；才人遠客，獨嘆他鄉失路情。

陳獻宗

佛光大學管理研究所畢業，經濟部水利署第一河川局祕書退休，宜蘭縣蘭陽美術學會理事、金同春書會會員、中華民國古典詩研究社理事、中華詩學研究會會員。

詩選

九日大屯山登高

秋登屯嶺慶重陽，騁望雲岑入杳茫。紗帽天寒添淡白，硫磺地熱吐輕黃。
嗟傷往日孤懷客，又隔經年兩鬢霜。故舊遙思憐獨處，蒹葭[註]玉露鬱蒼蒼。

註　「蒹葭」：《詩．秦風》篇名。是思慕所親愛的人而難以親近的詩。有曰：「蒹葭蒼蒼，白露為霜。所謂伊人，在水一方。」

遊臺北龍山寺

龍山構造崇，經始紀乾隆。赫濯沾恩澤，巍峨仰梵宮。
芋煨思懶老[註一]，帶解想坡公[註二]。一念超塵境，無求五蘊空。

註一　芋煨句：唐代李泌與懶殘和尚的故事。唐時衡嶽寺明瓚禪師性懶，常吃眾僧的殘食，所以號「懶殘」。李泌尚未顯達時，曾在寺中讀書，半夜裡悄悄地去謁見懶殘，懶殘撥開火，取出煨芋請他吃，並對他說：「慎勿多言，領取十年宰相。」後來李泌果然當了宰相，封為鄴侯。事見《鄴侯外傳》。蘇軾《次韻毛滂法曹感雨》詩：「他年記此味，芋火對懶殘。」近人魏清德《擁爐》詩：「憶共懶殘煨芋夜，十年宰相話僧房。」

註二　帶解句：《遯齋閑話》：「佛印名了元，住金山寺，東坡入方丈，戲云：『借和尚四大，用作禪牀。』師曰：『山僧有一轉語，內翰言，下即答，當從所請，否則，願留玉帶鎮山門。』東坡解帶置几上，師云：『四大本空，五蘊非有，內翰欲於何處坐？』公擬議未即答，師急呼侍者，收玉帶永鎮山門。公笑而與之，師取衲裙相報。」蘇軾有《以玉帶施元長老，元以衲裙相報》詩：「瘦骨難堪玉帶圍，鈍根仍落箭鋒機。欲教乞食歌姬院，故與雲山舊衲衣。」按：蘇詩第二句「箭鋒機」謂佛印辭鋒似箭鋒也。《傳燈錄》有「函蓋箭鋒」語，喻佛印辭鋒犀利，而坡公自謙遲鈍，終不敵也。第三句，係用韓熙載典故。《北夢瑣言》云：「韓熙載罷官後，隱於寺，常披毳衲於歌姬院，掛缽乞食。」由此知坡公風趣，其與佛印交情，非比尋常，於斯益見。按：韓熙載，五代北海人，字叔言，後唐進士，仕南唐。歷事李昪、李璟、李煜三主。由祕書郎累擢兵部尚書，感受知遇，能盡忠言事。善屬文，江東士人，道、釋載金帛以求銘誌碑記者不絕，又累獲賞賜。由是豐於貲，廣蓄姬妾，而不加防閑。煜垂欲相之，終以帷薄不修而罷。

閒居

閒庭菊正黃，冷月入窗涼。引酒尋詩句，挑燈閱舊章。
貧居情自逸，醉臥興方長。但得閒中趣，陶籬歲月忘。

同學會

窗友邀期月下臺，澄輝灑落自天來。成歡把酒杯盤錯，得曾酣歌笑語開。
席上分題揮健筆，尊中覓句玅新裁。生年亟盼還清集，麗澤相持亦快哉。

良緣

姻緣締結赤繩牽，不礙東西定自天。鸞鳳雙飛情繾綣，鴛鴦共宿意纏綿。
才郎俊秀如瓊玉，淑女雍容似絳仙。璧合珠聯情意固，愛河永浴共年年。

詞選

憶江南

秋雲薄，堤上柳蕭蕭。滿耳西風寒雁咽，遠方村笛響中宵。律呂註破蕭寥。

註　「律呂」：杜甫《吹笛》詩：「風飄律呂相和切，月傍關山幾處明。」案：「律呂」，古正樂律之器。黃帝時伶倫裁竹為筒，以筒之長短，分別聲音之清濁、高下，樂器之音即依以為準則，分陰陽各六，陽為律，陰為呂，合稱十二律。

浣溪沙

秋色蕭條雨後枝。閒庭虛室月明時。苑花彫落敗荷池。　聽瑟嘆悲人望切，寄書引盼雁行遲。孤燈靜夜暗相思。

卜算子

嗚櫓破寒煙，迷岸歸舟泊。江閣潮聲晚更風，聒耳秋城柝。　簷溜擾難眠，引酒誰同酌？客夢鄉情欲見難，兀自傷離索。

浪淘沙

旅宿雪花天。凝白層巔。朔風吹送響哀絃。玉絮穿行飄滿院，聒耳驚眠。　殘燭入愁邊。對景尊前。故園久別念連年。兀立中宵興慨嘆，惸獨誰憐。

玉樓春

花紅柳綠爭瑳瑹。平野空江煙水暖。遠山層疊翠雲濃，一樹梅開春信滿。　慵憑晏起雲鬟亂。苦恨夫君音信斷。望穿秋水獨憑闌，無語低徊傷畹晚。

鐘選

荷　月（一唱）

月滿西樓添冷淡，荷開北院吐芬芳。

臺　北（二唱）

嶺北風煙空渺漠，江臺霧雨暗微茫。

來　了（五唱）

蕭蕭落木來秋意，泄泄[註]回鄉了客情。

註　「泄泄」：泄音曳，泄泄，和樂貌。《左傳．鄭伯克段于鄢》：「其樂也泄泄。」

風　雪（六唱）

尋春外野飛風絮，步月中庭舞雪花。

忠　孝（七唱）

閔子傳家惟教孝，鄂王報國見移忠。[註]

註　《論語．先進》：「德行顏淵閔子騫冉伯牛仲弓，言語宰我子貢，政事冉有子路，文學子游子夏。」上聯本此。

題岳陽樓

一覽湖山，渺渺瀟湘千頃碧；偶登樓閣，悠悠天地[註]幾時澄。

註　陳子昂《登幽州臺歌》：「念天地之悠悠，獨愴然而涕下。」又《後漢書．范滂傳》：「登車攬轡，慨然有澄清天下之志。」下聯本此。

題滕王閣

五泊清光，樓臺弔古風光麗；三江秀色，舸艦迷津景物幽。

題西湖湖心亭

三面山環，晨昏似畫常留客；一亭水繞，晴雨如詩總醉人。

題朱文公祠

重整儒書，易俗移風尋墜緒；宏揚聖道，傳經設教永流芳。

題留侯祠

博浪操椎期復國，圯橋進履策勤王。

辜瑞蘭

臺北松筠畫會理事長、大漢詩社社長、中華畫學會監事。二〇一二年北京釣魚島盃詩詞一等獎、二〇一三年毛澤東書畫獎一等獎。國立臺灣大學畢業、文化大學碩士、北京師大藝術學院研究所畢業、日本高崎書道會師範認證。國家圖書館退休、曾執教於文化大學與臺北輔仁大學。

詩選

七星潭觀濤

七星潭北陽侯[註]怒，勺口臨洋礫石叢。夏季黑潮順流去，冬陰瘋狗競交攻。樵夫隔水滿懷唱，騷客臨灘半耳聾。不築漁船停泊處，巧留海岸眺濤篷。

註「陽侯」：水神名。《漢書．揚雄傳》：「陵陽侯之素波兮，豈吾纍之獨見許。」注：應劭曰：「陽侯，古之諸侯也。有罪自投江，其神為大波。」

九日大屯山登高

寶島屯峰活火噴，七星登頂望環周。秋天菊蕊飄香送，冬季芒花逐浪流。
山壑飛巖怡耳目，磺坑溫水潤心頭。先民勘地開漁道，沿路高低處處幽。

遊臺北龍山寺

古寺名聞三百年，觀音佛祖分靈緣。三川前殿雕龍柱，四壁正堂刻玉篇。
羅列周邊華服店，比鄰街道美餐筵。保存歷久民心仰，香客觀光盛譽傳。

閒居

歸來物外意無牆，動念參濡書畫廊。獻壽描來黃菊圃，賀婚寫出豔天香。
近山鄰壑尋幽佇，去智離形轉坐忘註。午後鶴眠堪享受，同窗敘舊話家常。

註「坐忘」：《莊子・大宗師》：「墮肢體，黜聰明，離形去知（智），同於大通，此謂坐忘。」注：「夫坐忘者，奚所不忘哉？既忘其跡，又忘其所以跡者，內不覺其一身，外不識有天地，然後曠然與變化為體，而無不通也。」

雙喜婚宴

圓山飯店集群英，兩姓聯姻結善盟。前道花童紅毯上，後隨情侶彩花生。
貴賓福語增祥瑞，阿祖金孫相笑迎。滿月結婚同一宴，洋洋雙喜慶同更。

詞選

如夢令——碧潭吊橋光雕秀

將暮清清潭影。西岸亭周佳境。步過吊橋時，射入光雕華靚。如酩。如酩。憶起少年情景。

采桑子——題玉蘭花與錦雉圖

枝柯粗壯歸喬木，九瓣素姿。並美芳脂。總是飄香翠葉隨。 聞香錦雉翩然顧，氣韻猗猗。婉麗容儀。高處無塵展秀資。

相見歡——題葡萄園與野鴨圖

葡萄園滿濃香。發紫光。當看豐收、今歲有瓊漿。　野鴨滯。衣鮮麗。戲陂塘。更爲池中、魚子與青螃。

浣溪沙——臺北時裝週

臺北時裝魅力開。百餘新款續登臺。許多觀眾麗裳來。　洋式低胸肩帶露，中形高領柳裙隤。春衫明歲展奇瑰。

卜算子——松瀧岩瀑布

深壑瀑飛流，鬼斧神岩裡。散策蜿蜒木棧間，樂沐輕絲水。　層浪聚澄潭，跨岸虹橋履。久久凝神不忍離，渾忘秋風起。

鐘選

人　日（一唱）

日新月異歌豐裕，人傑地靈頌富強。

蒲　劍（四唱）

腰懸寶劍呈威武，懷掛香蒲辟魅邪。

來　了（五唱）

月下鳴琴來鶴舞，雨中吹笛了龍吟。

荷　月（一唱）

荷葉接天無限碧，月光照地四圍黃。

臺　北（二唱）

花臺春季綻紅藥，殿北夏時鋪翠蓬。

聯選

題諸葛武侯祠

盡瘁鞠躬扶蜀漢，綸巾羽扇懾孫曹。

題臺北霞海城隍廟

振商機，大稻埕無寒戶；存愛心，古瀛洲有善人。

題玉山（冠首）

玉柱聳蓬萊，峭嶂崢嶸凌碧落；山名揚寶島，冰川痕跡歷滄桑。

題滕王閣

南昌市，贛江濱，元嬰閣，數層百尺凌霄漢；
洪州牧，閻伯宴，王勃文，一序千秋冠李唐。

題西湖湖心亭

亭立湖心招雅客，島浮水面待扁舟。

楊國貞

自從小學教職退休後，在一個因緣際會之下，很榮幸能拜在詩學滿腹、教學認眞的楊老師門下學習古典詩詞！三年多來，在老師諄諄教誨及鼓勵下，得以嘗試習寫詩詞創作，使自己的生活增添了一些文學內涵，內心充滿著無比的快樂與感恩！

詩選

良緣

兩姓聯姻彩線牽，三生石上締良緣。郎才女貌華堂拜，鸞鳳和鳴諧百年。

其二

月老牽佳偶，鳳凰暖洞房。和鳴琴瑟調，五世兆其昌。

閒居

秋日入桑田，空山靈氣鮮。黃花開遍地，綠葉落流泉。

閒看穡夫作，方聞蠶婦佃。撥雲尋古道，獨自下寒煙。註

註　轉結借李白句。

遊臺北龍山寺

龍山蘭若勝名揚，清淨莊嚴靈氣昌。善信折腰拜菩薩，虔祈福澤賜臺陽。

祝山觀日出

步向祝山天未曉，觀峰臺看臺灣小。一輪火齊恰東升，萬丈光芒凌海表。

其　二

凌晨遠上祝山巔，靈曜東昇散紫煙。七彩明珠驚乍現，一輪火齊尚屯邅註。

熹微曉景終長夜，寥落星河欲曙天。名勝爭傳揚海外，登臨觀賞萃群賢。

註　「屯邅」：《易．屯卦》：「屯如邅如。」疏：「屯是屯難，邅是邅迴。」按：謂處於困難，不敢前進也。屯，俗作迍。

杜甫

憶念少陵員外郎，長安離亂赴他鄉。浣花溪畔吟榿葉註，萬里橋邊築草堂。
軫念邦民名利淡，尊崇詩聖姓名揚。滿懷惆悵留文賦，響嗣風騷萬世彰。

註　杜甫有「榿林礙日吟風葉。」第三句本此。

同學會

同窗聚會喜相逢，笑語滔滔情意濃。感嘆青春容易逝，狂歡謔浪醉香醲。

詞選

浪淘沙——感懷

窗外雨瀟瀟。暮暮朝朝。遠山霧氣上雲霄。古剎松篁霞作伴，最怕寥寥註。　往事鬧心潮。孤坐無聊。舉杯獨飲醉陶陶。漫舞悠悠人不寐，自在逍遙。

註　「寥寥」：靜寂空虛貌。劉長卿《留題李明府霅溪草堂詩》：「寥寥北堂上，幽意獨難論。」

卜算子——秋思

翠柳已初黃，山色新秋意。夜雨西風獨自涼，往事誰能寄？　楓樹映斜陽，燈影黃昏至。癡夢一生猶未終，怎奈葭灰吹。

註　「葭灰吹」：即吹葭。古時把葭莩的灰放在律管內以策氣候。杜甫《小至詩》：「刺繡五紋添弱線，吹葭六管動飛灰。」

浣溪沙——秋懷

秋日丹楓樹淺黃。荻蘆江畔賽風光。瀼瀼冷露菊花香。　望月無言[註一]縈客思，倚窗獨坐望家鄉。西風拂檻[註二]倍淒涼。

註一　望月無言：李後主《相見歡》詞：「無言獨上西樓，月如鉤。」

註二　西風拂檻：李白《清平調》：「春風拂檻露花濃。」

采桑子——端午節有感

誰家昨夜吹涼曲？風也瀟瀟。雨也瀟瀟。聲渡詩人誦楚騷。　端陽無伴酌蒲酒，獨自無聊。獨自無聊。盼得同君醉一宵。

如夢令——清明節

踏遍綠蕪春樹。又是清明拜祖。細雨動哀愁，誠敬一杯仙露。辛苦。辛苦。寄語天涯何處？

其二——春雨

又見鵝黃柳樹。小院滿庭香霧。窗外透湘簾，欲解相思幾許。春雨。春雨。潤物迎風東去。

鐘選

臺　北（二唱）

東臺峻嶺無人到，西北平原有客來。

荷　月（一唱）

月桂飄香天下樂，荷珠閃爍沼中輝。

忠　孝（七唱）

羔羊跪乳成純孝，凍犬司門爲盡忠。

風　雪（六唱）

昨夜梅山飄雪霰，今晨瀚海起風沙。

海秋（三唱）

半嶺秋山紅似火，一灣海水碧如天。

醉吟（二唱）

縱醉不知三日事，沈吟已讀萬家書。

楊　蓁

雲南雲龍人，一九三二年生，白族，筆名老苗子，齋號拾悅。現爲大漢書藝協會榮譽理事長，大漢詩壇創始人。

詩選

龜山夕照

一線鯨波截晚霞，靈龜曳尾浪淘沙。驚濤鼎沸昂頭嘯，怒海奔騰砥柱誇。
烏石港邊歸艇月，無人島外返寒鴉。凜然屹立狂飆障，歷盡滄桑衛國家。

淡江夕照

碧水紅霞兩嶽連，虹橋待渡映江天。雲中幻景蜃樓麗，海上遊船鯨浪妍。
一鷺橫飛似圖畫，雙鴛共宿避人煙。凝眸錦繡難收拾，漫綴蕪詞入短篇。

鼻頭角聽濤

岬角岩峰霹靂喧，狂波跳石欲翻天。千尋雪捲凌雲日，百疊雷奔撼嶽川。
猛勢鯨迴吞萬象，雄威鼉吼震窮年。濁流滾滾懷宗慤，破浪乘風萬古傳。

謁運城關帝廟註一

運邑註二千年廟，松高可遏雲。邊關無數偈，柏老更依君。

註一　此詩係「開門對」，即第一句對第三句；第二句對第四句。

註二　山西運城，關羽出生地，建有關帝廟，松柏長青入雲，碑碣甚多。

太華寺註參禪

半壁琳宮望鬱崔，枕山面海矗瑤臺。巖高徑曲群僧老，海立雲垂兩燕來。
佛目慈悲驅鬼魅，人心順逆洗塵埃。參禪頓覺六根淨，頃刻蓮花火裡開。

註　太華寺，在昆明滇池畔之西山太華峰石壁上，枕山面海。

樓望

攬勝大觀樓註，滇池醒醉眸。西山横野色，北嶺漾波流。
金馬浮雲水，碧雞蕩鷁舟。長聯椽筆灑，一副耀千秋。

註　昆明大觀樓，因長聯而馳名，作者孫髯。

其二

脈脈斜暉淡海濱，登樓遠望異鄉人。雙飛白鷺迎霞起，單掛紅鴛喚侶頻。
左岸觀音春不老，右屯羅漢日長新。徘徊晼晚忘歸去，一曲漁歌脫俗塵。

詠懷

無言對鏡雪絲侵，回首親疏臥柏陰。滿面春風成舊夢，披肩夜月老蒼岑。
鐘鳴鼎食稀瞻望，玉液瓊漿莫瞎尋。富貴榮華似朝露，裁詩隱約現丹心。

佛燈

古剎琉璃一盞青，佛光普照入蒼冥。心花念淨禪機悟，自是靈明貫九經。

詩僧

奇崖妙境了無聲，古寺悠揚誦偈生。擊磬餘音傳鷲嶺，敲鐘逸響渡鯤瀛。
身修慧業仙凡遠，跡遯空門名利輕。骨格稜稜如惠遠，沙門代代出高明。

美人忍笑

二八佳人好細腰，朱唇鳳髻柳眉嬌。羅衫自賞胸前雪，忍笑雙峰起落潮。

筆花

寸管拳中握，千毫志一同。臨池含意醉，醮墨遣辭工。
妙繪關山月，巧移水石風。龍吟驚鬼魅，虎嘯撼蒼穹。

鞦韆

野戲山戎結漢緣，千秋倒置變鞦韆。柔腰嬝娜騰空蕩，纖手輕盈逐浪旋。
討喜王公看躋斗，還驚皇上笑登仙。從容挺立悠然下，御苑春風別有天。

勸農

水滿田畦布穀鳴，牛肥耜利放歌行。荷鋤莘野思前代，戴笠柴桑啓後生。
待割黃雲夫弄笛，稍停絳杼妾吹笙。豐年臘酒農村樂，處處傳來擊壤註聲。

註　擊壤，堯時民謠，歌頌太平盛世，農民安和樂利情形。古詩《康衢老人擊壤歌》：「日出而作，日入而息。鑿井而飲，耕田而食。帝力於我何有哉。」

冬日淡江垂釣

一竿手把淡江濱，襏襫寒裳寄此身。水皺絲垂風獵獵，標浮柳擺浪潾潾。
朝隨草徑濕芒屩，暮背霞輝拂角巾。欲效志和歌一闋，卻憐枵腹筆無神。

祝山觀日出

人來祝嶺破層嵐，觀日臺高攜榼攀。萬道金光雲影赤，千重黑嶂露痕斑。
杉林逐浪迎朝日，騷客題襟萃曙山註一。熙煦蒼生眞可愛註二，趙衰一例濟時艱。

註一　曙山：杜甫《將曉》詩：「鼓角悲荒塞，星河落曙山。」

註二　可愛：即冬日可愛。《左傳．文公七年》：「酆舒問於賈季曰：『趙衰、趙盾孰賢？』對曰：『趙衰，冬日之日也；趙盾，夏日之日也。』」杜預注：「冬日可愛，夏日可畏。」冬日，冬天太陽。

龍坑觀濤

鯤尾雙蛟鬥一坑，汪洋危峽永相爭。東來滾涌翻天立，西捲狂濤拔地橫。
虎嘯奔瀧如電掣，龍吟噴薄似雷轟。掀天海若驅鯨浪，雪練沖瀜不太平。

九日登高

髮散袍飄敗葉飛，淩虛始覺乞身微。雲舒雁陣鳴丹鶴，浪捲松濤拂綠薇。

立腳危峰迎暖日，迎眸遠望送寒暉。碧雞金馬荒煙外，底日重臨盡醉歸？

遊臺北龍山寺

虎視橫波鎮萬華，龍蟠倚柱護無涯。山靈鬼魅休窺寺，水怪蛇狐禁僭家。
妙相長存天海闊，眞如不滅片帆斜。人生利祿懸明鏡，法度紅塵散落花。

閒居

竹影篩窗外，棲身斗室間。樽傾效陶令，塵避慕褒山。
頓覺詩腸潤，還憐鬢髮斑。無心街巷事，笑看醉中顏。

註　褒山，高僧名，法號慧褒，俗姓名無考。唐貞觀年間，結廬於褒禪山（即今華山），卒亦葬於此，通稱褒禪山禪師。

無題

山鳴谷應僧禪定，水湧沙淘筏自搖。萬象榮枯天潤地，千秋偉烈舜隨堯。

葉武勳

現任中華大漢書藝協會理事長、臺北春暉慈孝書畫苑執行長。曾任中華臺北粥會監事長、東亞藝術研究會秘書長及多個協會會員、信華畫廊顧問，與妻女聯合舉辦「春暉慈孝書畫展」二十二次，世界和平聯合會總會頒「世界公益與文化和平和諧大使」。二〇一九、二〇二〇、二〇二一年，連獲入選「臺灣書法年展」，曾獲聘於榮總講授「如何欣賞書法」。著有《春暉慈孝書畫聯展專輯》。

詩選

淡江夕照

晚霞掩映萬舟還，鷁渡迷離隔野煙。悵望他鄉人未返，心傷淚滿弄絲弦。

聽濤

洪濤照眼擊岩岸，雪陣如雷震耳時。萬頃喧豗同厲虎，千尋嘷吼類威獅。
潮音澎湃思彈曲，美景瀰漫欲賦詩。我有乘風衝浪志，狂瀾力挽濟艱危。

春寒

料峭侵膚雪乍融，瀛堧刮起海棠風。樑間翕習迎霜燕，雲外飛馳帶月鴻。
深巷賣花聲切切，白駒過隙影匆匆。劇憐大地陰霾合，早見藍天禱碧穹。

凌雲寺參禪

淡水河旁屯嶺前，凌雲古寺樹參天。群經滿架梵音播，一杵疏鐘聖教宣。
心現蓮花三昧定，耳聽貝葉六根蠲。虔誠頂禮佛緣締，色相皆空態欲仙。

暴雨

震耳雷鳴響不休，傾盆狂瀉氾田疇。黃垂秔稻淹阡陌，紅透枇杷落隴丘。
苦難農民枉天問，失能政府劣人謀。興修水力當先務，你我身安尤要籌。

端陽感懷

戶戶家家包粽忙，龍舟采烈競端陽。門懸蒲劍群魔掃，酒飲雄黃百疾防。

紀節空望湘沅水，招魂長嘆楚襄王。莫忘復國先賢志，為政當思品德揚。

旅義感懷

羈旅義威尼，通城渠邐迤。聖場人薈萃，都拉艇離披。
史跡千秋耀，聲名四海馳。瀛臺征戰毀，最是感無涯。

旅夜書懷

夜宿山椒路險巇，孑然遺世遠囂疲。風搖澗底千株樹，霧鎖山中百尺池。
形影煢煢相慰藉，鄉情脈脈託幽詞。無常世事君休問，似戲人生賸惻悲。

詠懷

年邁稀齡兩鬢霜，前程荊棘復蒼茫。清心健體須勤動，裕後光前要力行。
縱筆放歌傾白墮註，疏鐘擾夢醒黃粱。無常際遇都經過，作畫攻書樂未央。

註　「白墮」唐代佳釀名。

哀政局

任令人民浸大災，迎倭媚美毀邦哀。華文欲滅渾忘祖，拯救乘時莫諉推。

詩僧

老衲耽吟喜宋唐，無邪一念見眞章。終宵綴句箋堆案，鎭日題詩墨滿牆。
塵世浮名如糞土，雙林八水是珂鄉。澄懷日撰禪門偈，澆俗憐渠風雅揚。

賽神

高疊醮壇入聖宮，燃香競薦眾神公。八方親友一時聚，萬樣犧牲四面豐。
感禱平安賜幸福，祈求喜樂顯尊崇。因前果後爲天律，虔敬心情善必終。

憶江南

假正義，立院挾員繁。抄盡人民生計路。毀撕九二怨聲喧。眾怒欲推翻。

憶王孫——春望

冬寒已盡雪初融，梅萼萌枝春意濃。布穀催耕萬戶同。旱年逢。禱彼蒼天乞憫農。

如夢令——貧苦人家

凜冽北風膚刺。屋漏牆頹難避。衣褐萬千夫，褥薄腸飢無寐。垂淚。垂淚。此景誰爲孰致？

長相思——政情怨

左瞧明。右瞧明。臺面諸公心太盲。國危不看清。淚盈盈。　淚盈盈。百姓痌瘝辛苦撐。夜頻哀嘆聲。

其二——悼齊柏林

淚流垂。淚流垂。空難傳來猶信疑。哲人永別離。佛慈悲。　佛慈悲。國土關心還有誰?世衰賦式微。

攤破浣溪沙——詩書畫展紀盛

藝苑詩書畫展開。衣冠濟濟氣崔嵬。青出於藍昭聖代，見眞才。　董巨荊關猶若是，鍾王顏柳再生來。千幅琳琅詞紀盛，冠三臺。

其二——禱拉斯維加槍擊死傷民衆

聽樂驚聞索命聲。哀嚎呼喊競逃生。甚是人間悲慘日，目張瞠。　胸臆心扉猶跌宕，慈悲博愛待恢宏。淚滿雙腮齊跪拜，莫重萌。

菩薩蠻——哀升斗小民

終宵難寐思朝務。批魚購果疊攤鋪。販夜倦纔收。儘疲蠅利愁。　春秋輪往復。辛苦憐斯族。陣陣嘆哀聲。聲聲天地驚。

生查子——民情淚

天氣冷難挨，惡耗頻傳至。群眾乏衣食，仰望蒼天賜。　政事悖輿情，不問民財匱。無感抗陳緐，罔恤人流淚。

蔡久義

自幼家貧未學，童工之時黃老板乃一儒紳，時詩酒自愉，句句押韻，余感新奇，遂求學之，欣然應許，次日購買童蒙之書籍，爲余授課，後因北上而荒廢，始在二〇一六年，入文山社大漢詩班，拜黃冠人老師門下，習詩詞朗讀及吟唱；並自二〇一七年起，兼游楊柳園老師帳下，學習詩詞創作迄今。

詩選

同學會

六載同窗琢句忙，阿貓阿狗互呼郎。須臾鬢白來相會，少壯幾時變老娘。

其二——歲暮聯歡

期末同窗聚，傾杯互祝吟。青錢經雨潤，玉句靠師斟。雅韻凌雲表，詩聲薄海潯。高峰傳捷報，帳席有甘霖。

九日大屯山登高

好友三人約，屯峰九日攀。亂雲生劍竹，碧海舞鷗鷳。
歲月難留住，身心既已孱。敲詩倚楓徑，得句喜開顏。

其二

蒼顏叟老上陽明，西帽雲開視野清。市景鵑城收眼底，茱萸不插寫新聲。

遊臺北龍山寺

禮佛虔祈國運昌，鵑城古刹護臺疆。今來謁聖身心爽，往昔參禪意志揚。
經院鐘聲喧萬里，琳宮梵唄繞千章。低徊寶殿三摩地，法力長傳伏虎狼。

其二

鵑城古刹號龍山，暮鼓晨鐘震闤闠。佛法無邊安社稷，覃恩廣澤遍人間。

山居

綠野香坡隱嶺陂，南窗解慍奪芳枝。烹茶待客收山色，靜聽蟬聲樂不疲。

其二

結屋山坡避市囂，煙嵐爲伴樂逍遙。吟風弄月精神爽，玩鳥聽蟬氣節饒。
寧靜生涯閒日子，清幽環境伴霞霄。晨曦夜露侵頭白，院柱枝頭蕊更嬌。

良緣

姻緣註定世之前，月老心慈紅線牽。繾綣柔情愛河浴，洞房如鼓瑟琴絃。

其二

千里姻緣一線牽，如魚得水永纏綿。今朝喜詠關雎句，明歲歡歌麟趾篇。
恩愛堪稱雙宿燕，連孳本是並生蓮。珠聯璧合人爭羨，夫唱婦隨到百年。

詞選

憶江南——課後二子坪偷閒

修課後，獨自上陽明。二子坪區尋野趣，蟬鳴翠徑伴人行。興愜筆花生。

其二

施點滴，期盼疾魔薨。窪地清幽佳景絕，傴僂老幼訪其勝。俚句忽然成。

浣溪沙——參加徵聯有感

士子敲文琢句爭。徵聯參與寸心平。曦迎祝嶺見光明。
極目東溟升燄彩，倚欄北郭落晨星。互研爲重不求名。

其二——題阿里山觀日出

祝嶺迎曦客湧行。呈祥獻瑞四方明。六龍御日出東溟。
滾滾波翻千浪白，熊熊燄彩萬山青。咸池澎湃動吟情。

卜算子——種翼豆

房外地皮空，種豆除繁草。同學移苗植土中，節順莖生好。　秋穫豆枝垂，餐上珍珠寶。清脆彈牙勝肉干，自種無煩惱。

其二——種翼豆

翼豆味甜甘，水煮調羹巧。柵架遮陰翠欲流，蝶鳥穿花抱。　有伴入迷津，何事催人老。春植秋收歲月移，三徑青門道。

浪淘沙——登七星山

日麗又風輕。十月天清。七星嶺上竹雞鳴。劍竹山花沿曲路，展翅蒼鷹。　野鶴舞雲征。毓秀分明。崇山峻嶺盡崢嶸。爲感人生多變幻，萬慮持平。

其二——官邸賞菊花

官邸秀黃花。風曳丹葩。東籬燦爛正妍華。大立菊呈千萬朵，遊客爭誇。　三徑蕊如麻。小女披紗。我如陶令作詩嘉。秋色滿天株豔彩，棖觸《蒹葭》註。

註　「蒹葭」：《詩・秦風》篇名，係懷念親友之詩。

聯選

題岳陽樓

范老似珠傾，氣象萬千，日星隱耀；呂仙借杯度註，風濤驚駭，山岳潛形。

註　「杯度」：南朝宋僧，不知姓名，常乘木杯度水，故人以「杯度」呼之。見梁慧皎《高僧傳》。杜甫《題玄武禪師屋壁詩》：「錫飛常近鶴，杯度不驚鷗。」

題西湖湖心亭

煙柳六橋，遊忘世事胸襟闊。湖亭千載，閱盡人情眼界寬。

鄭崇武

新冠肺炎肆虐橫行之際，承楊師君潛諄諄教誨之下，弦歌不輟，猶能日有精進，且參與《愛群詩選》第二集作品集結出版，一樂也。

詩選

春讌

佈新除舊祝東皇註，萃聚同窗海霸王。耳熱酒酣浮大白，口斟陳釀老高粱。
長談趣事眉飛舞，闊論英雄態欲狂。雅會人生須盡飲，醒來明日各騰驤。

註　祝東皇，「祝」，邀也。歐陽修《浪淘沙》詞：「把酒祝東風，且共從容。」

杜甫

卓犖如公有幾人？官居唐代最忠臣。家亡國破陷於賊，子散妻離斷了親。
滄海桑田三賦在，文章道德萬年遵。飄零猶欲庇寒士，垂亮騷壇配聖神。

九日大屯山登高

重陽攀陟大屯巔，縹緲三山註一天海連。俯瞰淡河成線帶，遙瞻帽嶺繞雲煙。
花廊註二採蜜叢迷蝶，步道鳴琴樹奏蟬。今日登高留韻事，相期再會續年年。

註一　三山：相傳海上有蓬萊、瀛洲、方丈三仙山。
註二　「花廊」、「步道」：花廊係蝴蝶花廊；步道係自然步道。

遊臺北龍山寺

艋舺龍山稱勝地，觀音菩薩世推崇。四圍羅漢龕鑲玉，五爪金龍柱鑄銅。
禮佛前來心抱赤，思親曾贈淚流紅。中西超度眾生善，淨化心靈智慧通。

閒　居

公門辭去好修行，零落庭除寂寞生。日到三竿終睡醒，原來已與世無爭。

同學會

同窗終究要分飛，宿命天生不可違。契闊漫勞輒魂夢，相逢細訴敞心扉。
舊聞趣事聊難盡，八卦新題更助威。約定明年還大醉，依依惜別始身歸。

良緣

婚姻提倡自由權，常使良緣往後延。月老懇求勤繫線，島民生育率還顛。

詞選

菩薩蠻——母親節思母

幼時失情情難了。命乖偃蹇陷泥沼。號泣母升天。晨昏惕厲堅。報春暉不再。對上蒼無奈。南向望家鄉。至今仍感傷。

相見歡

柳絲腰細溫柔。不知愁。月下夕陽尋處、足痕留。　傷別泣。淚沾濕。幾時休。覓找餘暉歸宿、夢如鉤。

憶江南

花落盡，枝葉露殘黃。舊憶藕蓮收穫日，人聲鼎沸感悲傷。怎不夢池塘。

浣溪沙

蕭瑟涼風夜冷生。寒窗秋雨又聲聲。菊殘飄落動吟情。　惆悵當年偏絕倒，情深猶抱喜來迎。目眶滲淚水盈盈註。

註　「水盈盈」：《古詩十九首》：「盈盈一水間，脈脈不得語。」

卜算子

歲月苦匆匆，又見秋鴻過。亭上涼風對面吹，思緒蟻旋磨註。　欲與雁南飛，無奈屋空破。何處歸途不肯言，默默獨癡坐。

註　「蟻旋磨」（磨讀仄）指沈迷世事，終生勞碌。譬之於蟻行磨石之上，磨左轉而蟻右行。磨疾而蟻遲，故不得不隨磨以左迴焉。見《晉書・天文志》。黃山谷詩：「枉過一生蟻旋磨。」又「萬古同歸蟻旋磨。」

浪淘沙

秦暴政垂危。破碎支離。劉邦乘勢起兵邳。羽力拔山氣蓋世，楚漢相持。　失策縱輕騎。變色旌旗。霸王西楚力難支。氣短烏江空悔恨，淚灑虞姬。

鐘選

人日（一唱）

日悟長持其法性，人常不變住眞心。

風雪（六唱）

絕壑冰河埋雪徑，邊陲沙漠滾風煙。

聯選

題玉山

玉山翹首稱前輩，東亞名峰在後塵。

題岳陽樓

范公感後樂先憂，政順人和曾作記：杜公嘆吳分楚坼，孤舟老病乃爲詩。

題滕王閣

毀建本無常，秋水長天依舊在；廢興應有數，落霞孤鶩至今存。

題朱文公祠

論史說經，鎔鑄儒家思想；傳薪著述，集成理學眞源。

題西湖湖心亭

湖遊至日[註]魚龍寂，心但忘機天地寬。

註　「至日」：冬至、夏至均稱至日，此指冬至。

顧健民

民國三十六年生，畢業於文化大學中國文學系，政治大學中國文學研究所。曾任教職公職三十餘年。民國一百年習詩於張壽平（縵盦）先生，一〇七年初習詩於楊君潛（柳園）先生迄今。

詩選

淡江獨釣

縱目平川志意舒，一竿獨釣快何如？三芝山下墟煙淡，八里渡頭帆影疏。

鷗鷺飛翔唯適性，蛟龍潛隱詎邀譽？神遊天地風雲外，渾欲忘言更忘魚。

春讌

喜迓春臨不掩扉，盍簪芳苑語依依。文期酒會同交好，鷺友鷗朋共忘機。

堪羨蘭亭留韻事，但嗟梓澤浸寒暉。二難四美今皆具，大白浮來彩筆揮。

杜甫

襄陽衍派溯源長，經學詞翰名孔揚。身歷乾坤欲傾覆，意憐黎庶遍流亡。
空懷稷契經綸志，不負風騷琬琰章。千古詩家同俯首，巋然一老孰能望？

觀濤

縈青繚白動洄瀾，是處魚龍舞未闌。百仞山傾其勢壯，千重雪壓我心寒。
錢潮洶憶吳和越，渤澥廣思蘇與韓[註]。水性由來含至理，低昂莫作等閒看。

註　「蘇與韓」：所謂韓潮與蘇海是已。

遊臺北龍山寺

山門遙見聳簷牙，一片祥雲映日華。大殿熙熙皆善信，諸神穆穆亦亨嘉。
充盈法喜同愚智，浩蕩慈恩被邇遐。暮鼓晨鐘迴盪際，人心警醒淨無邪。

閒居

邯鄲夢醒總無成，歸去盈懷意氣平。白屋猶堪蔽風雨，素心差可辨虛盈。

從知俗世間中趣，更識浮生物外情。萬化悠悠雲過眼，不爭更有孰能爭。

詞選

如夢令——清明思親

冉冉春光誰共？回首親恩猶痛。時節正清明，墓木蕭蕭已拱。如夢。如夢。一霎思潮洶湧。

菩薩蠻——林間

高枝搖綠清陰滿。煩囂滌盡人聲遠。最是鳥多情，嚶嚶伴我行。　曾經塵網墜。欲脫塵寰累。獨立意悠悠。翛然何所求。

采桑子

珠簾密密空庭雨，簾後誰知。終負佳期。惟有相思不可醫。　人生多少傷心事，舊夢依稀。目送斜暉。望斷天涯兀自迷。

卜算子

秋杪日陰陰，悵望遙天暮。雁陣飛來又一年，音訊知何處。　花落又花開，幾度風和雨。惟有初心似月明，經歲終如故。

浪淘沙

舉目月如鉤。正傍高樓。清光冷冷引人愁。屈指華年駒過隙，幾度春秋。　憶昔似孤舟。人海沈浮。無端興感不能休。已誤平生多少事，淚忍雙眸。

玉樓春

玉樓春到風光好。楊柳千絲垂嫋嫋。池塘水綠漾青萍，陂岸蓼紅藏白鳥。　傷情人去歡聲悄。簾外天光昏又曉。芳園寂寂燕歸來，目送殘陽心亦老。

鐘選

梅　鶴（七唱）

空尋遼海千年鶴，飽覽孤山萬本梅。

蒲　劍（四唱）

寒士編蒲攻八法，名師鑄劍殉三王註。

註　「三王」：見干寶《搜神記》卷十一「三王墓」故事。

來　了（五唱）

子夜乍驚來遠夢，丁年頓悟了塵緣。

風雪（六唱）

步蟾倚杖聽風竹，策蹇過橋看雪梅。

聯選

題諸葛武侯祠

三分早定謨，抱膝長吟高士志；兩表眞名世，鞠躬盡瘁老臣心。

題日月潭

日月本雙潭，看碧水盈盈，魚躍鳶飛潮起落；乾坤連一氣，指青山隱隱，雲興霧湧島浮沈。

題玉山

寒生積雪暑生雲，眞宰裁成，具無上景；

近看群山遠看海，巨靈雕琢，乃最高峰。

題朱文公祠

祖述六經，抉隱發微，窺其閫奧；
平論眾說，提綱挈領，示我周行。

愛群詩選　第二集

文化生活叢書
愛群詩詞叢刊1301B02

主編　楊君潛
責任編輯　張晏瑞
發行人　林慶彰
總經理　梁錦興
總編輯　張晏瑞
排版　游淑萍
編輯所　萬卷樓圖書股份有限公司
封面　百通科技股份有限公司
印刷　百通科技股份有限公司
發行　萬卷樓圖書股份有限公司
臺北市羅斯福路二段四十一號六樓之三
電話　(02)23216565　傳真　(02)23218698
香港經銷　香港聯合書刊物流有限公司
電話　(852)21502100
傳真　(852)23560735
ISBN　978-986-478-667-1
出版日期　二〇二二年五月初版一刷
定價　新臺幣二八〇元

愛群詩選　第二集

國家圖書館出版品預行編目資料

愛群詩選　第二集 / 楊君潛主編 .-- 初版 .-- 臺北市：萬卷樓, 2022.05
面；　公分.
--（文化生活叢書・愛群詩詞叢刊；1301B02）
ISBN 978-986-478-667-1（平裝）

831.86　　108022627